Para mi querido padre
que no llegó a conocer a Olivia,
ni en persona ni en los libros

OLIVIA SE PREPARA PARA LA NAVIDAD

Spanish translation copyright © 2008 by Lectorum Publications, Inc.

Originally published in English under the title Olivia Helps with Christmas

Copyright © 2007 by Ian Falconer

Image of window with rain on pg 16 copyright © 2006

by www.frozenintimephotos.com

Image of pine-tree landscape of pg 23 copyright © by Martin Wall, 2006.

Used under license from Shutterstock, Inc.

Image of snowy-tree landscape on pg 33 © copyright 2006

by iShockPhoto.com/AVTG

Gstaad ski poster on pg 31 by unknown artist

Photo of dancer, Benjamin Millepied, in The Nutcracker collage on pg 54-55

copyright © 2007 by Rick Guidotti, Positive Exposure

Published by arrangement with Atheneum Books for Young Readers, an imprint of

Simon & Schuster Children's Publishing Division, New York.

For permission regarding this edition, write to Lectorum Publications, Inc.,

557 Broadway, New York, NY 10012.

THIS EDITION TO BE SOLD ONLY IN USA AND ITS TERRITORIES AND
POSSESSIONS INCLUDING WITHOUT LIMITATION PUERTO RICO AND
CANADA.

Written and illustrated by Ian Falconer

Book design by Ann Bobco

Translation by Teresa Mlawer

The text for this book is set in Centaur.

The illustrations for this book are rendered in charcoal and gouache on paper.

ISBN: 978-1-933032-42-9

Printed in Italy

10 9 8 7 6 5 4 3 2 1

Library of Congress Cataloging-in-Publication Data

Falconer, Ian, 1959-
[Olivia helps with Christmas. Spanish]
Olivia se prepara para la navidad / written and illustrated by Ian Falconer ; book
design by Ann Bobco ; translation by Teresa Mlawer.
p. cm.
Summary: As she impatiently waits for Santa's arrival, Olivia the pig tries to help with
family preparations on the day before Christmas.
ISBN 978-1-933032-42-9 (hardcover)
[1. Christmas--Fiction. 2. Pigs--Fiction. 3. Spanish language materials.] I. Mlawer,
Teresa. II. Title.
PZ73.F3234 2008
[E]--dc22
2008009975

OLIVIA
se prepara para la Navidad

por Ian Falconer
Traducido por Teresa Mlawer

LECTORUM
PUBLICATIONS INC.
a subsidiary of Scholastic Inc.
New York

s víspera de Navidad. Olivia y su familia han dedicado

toda la mañana a las compras de última hora.

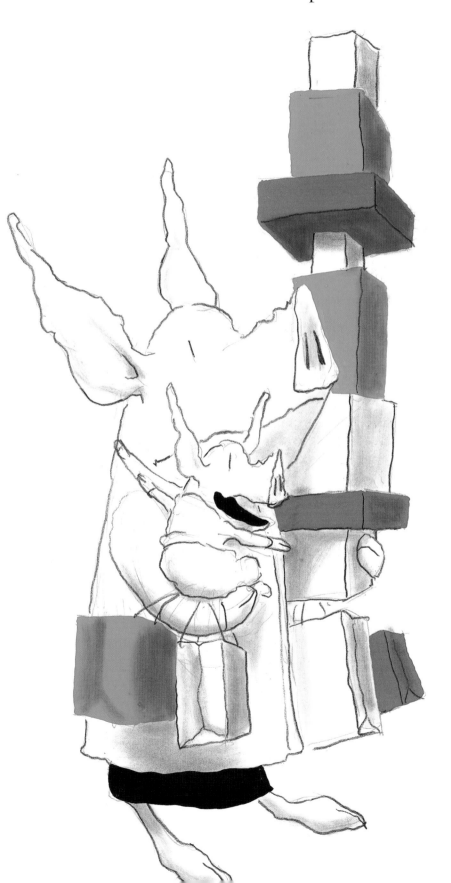

Olivia está muy cansada,
pero sabe que aún le quedan
muchas cosas que hacer.

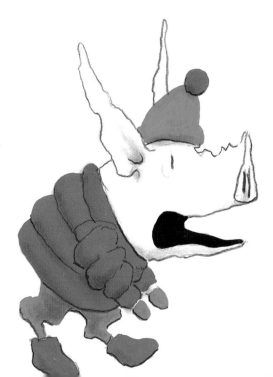

A Ian y a papá les pide que adornen el árbol

para que ella pueda ayudar a mamá a darle de comer a William.

—Olivia, ¿qué le estás dando?

—Pastel de moras.

—Cariño, le va a sentar mal y se puede…

…¡enfermar!

—¡Qué asco!

Apenas son las 4 de la tarde, pero Olivia se impacienta.

—Mi amor, todavía falta mucho para que llegue Santa
—le dice mamá—. Límpiate el hollín de la nariz y ayúdame
a desenredar las luces del árbol.

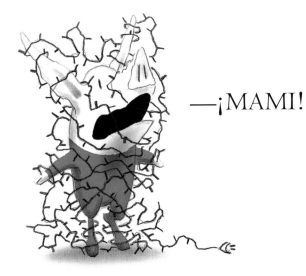

—¡MAMI!

—Es más fácil si primero las enciendes. ¿Ves?

El árbol por fin está adornado.

5 PM... ESPERANDO A SANTA... NO LLEGA... LLUEVE...

—¡Qué mesa tan elegante! ¿Dónde encontraste ese precioso…

Olivia quiere seguir ayudando.
—Mami, ¿puedo poner la
mesa de Nochebuena?
—Sí, cariño, me parece una
magnífica idea.

El papá de Olivia trae leña para la chimenea.

—¡Papá! ¡CÓMO SE TE OCURRE

¡¿ACASO QUIERES COCINAR A SANTA?!

7 PM... ESPERANDO A SANTA... NO LLEGA... (YA NO LLUEVE)...

Después de la cena, la familia se reúne para cantar
villancicos: —Hoy en la tierra el cielo envía una
capilla angelical…

Olivia se entusiasma con el estribillo.

Glo-ooooo-O-ri-a!

Al fin llega la mejor parte de la noche:
dejarle galletitas y leche a Santa.

—Ahora sólo tenemos que esperar —dice Olivia.

—No, es hora de irse a la cama —contesta mamá.

Pero Olivia no tiene sueño.

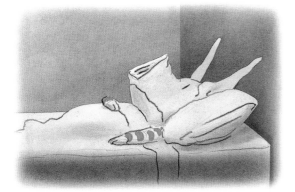

Da vueltas…

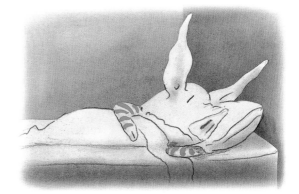

…y más vueltas.

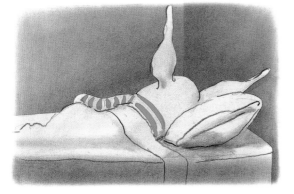

Primero tiene calor.

Luego frío.

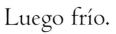
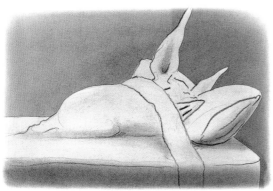

Entonces oye pasos en el techo.

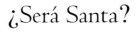

¿Será Santa?

Parece que no va a dormirse nunca…
hasta que se despierta y ve que ya es de día.
Olivia corre al cuarto de sus hermanos.

Bajan las escaleras en silencio.

¡NIEVE!

¡REGALOS!

¡CALCETINES!

—¡Mira! —grita Olivia—.
¡Santa se comió las galletitas
y se tomó la leche!

Algunos regalos son mejores que otros.

Un pijama

¡Unos esquís!

Un suéter

¡Y un trineo!

Unas botitas

¡Unas maracas!

...árbol.

—Alguien acaba de aprender a caminar.

—Niños, terminen el desayuno, después pueden abrir los regalos que están debajo del...

Los niños les agradecen a sus papás
por una Navidad tan maravillosa.
Entonces Olivia anuncia:
—Yo tengo un regalo para ustedes.

—¡Es un autorretrato! ¡Quedaría muy bien sobre la chimenea!

—Bueno, creo que me voy a esquiar.

—Esquiar es más difícil.

Ian y Olivia pasan la tarde haciendo un muñeco de nieve.

Olivia lo viste.

Esa noche Olivia deja que papá encienda la chimenea.
La familia se sienta frente al fuego y mamá
les trae chocolate caliente.

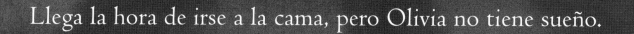

Llega la hora de irse a la cama, pero Olivia no tiene sueño.

Al menos eso piensa, pero se duerme como un tronco
antes de que se apaguen las luces…

...y sueña.